I SASS

L'autore

Bianca Pitzorno è nata a Sassari e vive a Milano. Ha fatto l'archeologa, ha lavorato in televisione, costruisce mobili e fabbrica bambole, ma soprattutto ha scritto e scrive libri di grande successo per i bambini e i ragazzi. Va spesso a Cuba, un'isola dove ha moltissimi amici piccoli e grandi. Se volete scriverle, l'indirizzo è: Bianca Pitzorno, presso Mondadori Ragazzi, via Corsini 1, 37131 Verona.

Della stessa autrice, nelle edizioni Mondadori:
La casa sull'albero, *La bambola dell'alchimista, Clorofilla dal cielo blu, La bambola viva, Sette Robinson su un'isola matta, La voce segreta* (Junior -10); *Ascolta il mio cuore*, *Parlare a vanvera, Re Mida ha le orecchie d'asino, Diana, Cupído e il Commendatore, Polissena del Porcello* (Junior +10); *Sulle tracce del tesoro scomparso*, *Speciale Violante*, *Principessa Laurentina* (Gaia Junior); *Ascolta il mio cuore*, *Polissena del Porcello*, *Diana, Cupído e il Commendatore*, *Re Mida ha le orecchie d'asino, La voce segreta, Tornatrás* (Contemporanea); *Incantesimi e starnuti* (i sassolini).

Bianca Pitzorno

A cavallo della scopa

disegni di Antongionata Ferrari

MONDADORI

ragazzi.mondadori.com

Prima edizione marzo 1999
Quarta ristampa gennaio 2002
Stampato presso le Artes Graficas Toledo S.A., Toledo (Spagna)
Gruppo Mondadori
ISBN 88-04-46521-2
D.L. TO: 1661-2001

Mal di schiena di prima mattina

Era l'alba. Il primo raggio di sole s'infilò da un crepaccio della parete dentro la grotta buia, e come prima cosa disturbò i pipistrelli che erano rincasati da poco – quei nottambuli! – e si erano sistemati per dormire in un angolo del soffitto, appesi a testa in giú come è loro abitudine.

Il gatto nero aprí un occhio, poi l'altro, si alzò e si stiracchiò, allungando le gambe e la schiena. Fece toeletta con calma, poi uscí dignitosamente dalla grotta, la coda dritta in verticale come un'asta di bandiera, per le prime avventure della giornata.

Dopo qualche minuto il raggio di sole raggiunse l'angolo dove dormiva la strega, raggomitolata fra le lenzuola del suo letto dai cinque materassi, sotto una zanzariera di ragnatele.

Prima ancora di svegliarsi la vecchia mugolò: «Ahi! Ohiooooiii!» Poi sospirò e si palpò con le dita la schiena dolorante. «Mi sento le ossa rotte» sbuffò, mettendosi a sedere e tastandosi tutto il corpo. «Che notte infernale! Mi sembra di aver dormito su un mucchio di sassi.»

Gettò un'occhiata malevola e sospettosa ai colombi che vivevano con lei nella grotta e che avevano cominciato a tubare per salutare il raggio di sole. Che uno di loro, per fare lo spiritoso, le avesse nascosto un pisello sotto la pila di materassi?

Si alzò furibonda, afferrò le lenzuola, le strappò, buttò all'aria il letto. Ma non c'era nessun pisello, e neppure un chicco di granturco.

«Etrusca! Etrusca! È inutile che tiri fuori le vecchie fiabe per cercare di dare la colpa agli altri» la rimproverò la civetta, infastidita per tutto quel baccano. (Il nome della strega, come avrete capito, era Etrusca, e il cognome Cruscòn.)

La civetta era molto infastidita da tutto quel fracasso. Bisogna capirla. Come i pipistrelli, le civette stanno sveglie di notte, e di giorno hanno bisogno di dormire in santa pace.

«E poi, tu non sei una giovane principessa schizzinosa» aggiunse. «Sai bene che se hai mal di schiena, la colpa è dei materassi, che sono vecchi, gibbosi, pieni di grumi e di nòdi. Quando ti deciderai a cambiare l'imbottitura?»

A questo suggerimento la strega fu colta da un attacco di nervi, scagliò il cuscino contro la civetta (che si chiamava Filomena) e poi cominciò a prendere a calci il materasso piú vicino.

«Bella forza!» disse Filomena, che si era scansata in tempo. «Provassi una volta a prendere a calci qualcosa di duro!»

Un problema d'imbottitura

Com'è che la strega era cosí arrabbiata? Non aveva tutti i torti, poveraccia. Infatti l'operazione suggeritale dalla civetta non era cosí semplice come potrebbe sembrare a prima vista. I materassi delle streghe non sono imbottiti di lana, e neppure di crine o di gommapiuma come quelli dei comuni mortali. Ogni strega ha bisogno di un'imbottitura personale, specialissima, senza la quale non potrà mai godere sonni tranquilli.

Per sapere qual è l'imbottitura piú adatta, prima ancora che la streghetta nasca, sua madre va a consultare uno specialista che risponde allo strano nome di Duermetenignaquerida. (Non sempre risponde immediatamente. Qualche volta si appisola sulla poltrona e bisogna chiamarlo due o tre volte prima che vi dia retta.)

Dunque, il Duermetenignaquerida misura con un nastro azzurro a pallini rosa la pancia della mamma strega in attesa, poi le fa il solletico sotto il naso con una fogliolina di menta selvatica. Fa la somma dei centimetri della circonferenza della pancia col numero degli starnuti, getta altrettanti pizzichi di borotalco in un bicchiere di latte di cocco, mescola il tutto, lo agita e recita la formula magica:

Pesa la testa sul cuscino,
– aquila, volpe e pangolino –
pesa il corpo sul materasso,
– puzzola, tonno, cicala e tasso –
pesa la palpebra sull'occhio,
– gufo, giraffa, gallina e ranocchio –
ma il dolce sonno non vuole arrivare
e la streghetta non può riposare.
– Ghiro, marmotta, procione e zibetto –
nel materasso cosa ci metto?

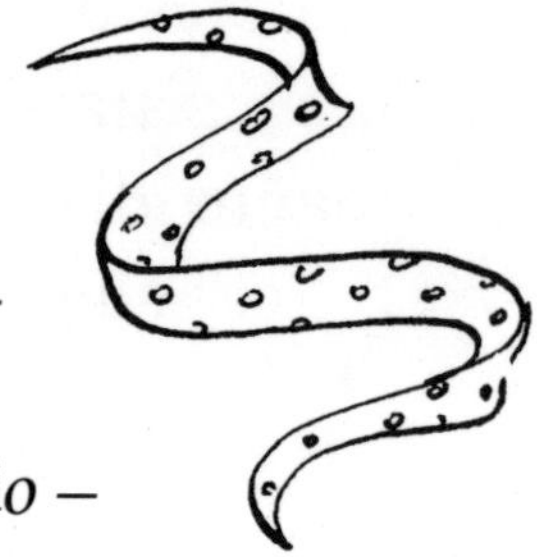

Poi, a seconda di come gli prude il ditone del piede sinistro, il Duermetenignaquerida fa la sua prescrizione:

«Il materassino della neonata dovrà essere imbottito con capelli rossi raccolti dal pettine di una baronessa» oppure «con petali secchi di fiore di cactus» o «con calze di nailon vecchie di una portinaia francese», «con cenere di unghie di rana» e altre stranezze del genere, che le mamme streghe devono procurarsi al piú presto, se non vogliono che la creatura appena nata si riempia di eczemi e di croste e pianga disperata giorno e notte rompendo i timpani a tutta la famiglia.

Alla madre di Etrusca il Duermetenignaquerida aveva prescritto un'imbottitura di penne di spiumaccione.

L'uccello spiumaccione

Forse non avete mai sentito parlare di questo strano uccello, o meglio, di questo gallinaceo, perché lo spiumaccione, nonostante abbia due belle e lunghe ali, non è capace di sollevarsi in volo. Le sue origini sono antichissime. Qualcuno sostiene che risalga addirittura al tempo dei dinosauri.

Se non si è estinto come gli altri animali alati, per esempio gli pterodattili, è perché possiede un formidabile sistema di difesa.

Infatti quando si sente in pericolo questo gallinaceo preistorico non si limita a sbattere le ali e a starnazzare. Nossignore. Lo spiumaccione è capace di scagliare contro l'aggressore le penne piú dure e appuntite, proprio come l'istrice fa con gli aculei, mentre con le piumette, che ha fittissime e leggere, crea attorno a sé una specie di nebbia che confonde ancora di piú l'avversario e gli consente di battersela in men che non si dica.

E il bello è che, appena lo spiumaccione è fuori pericolo, penne e piumette gli ricrescono immediatamente.

«Meno male!» aveva commentato la mamma della nostra strega, che era amante degli animali e rispettosa della natura. «Cosí non dovremo uccidere né spennare vivo nessun volatile. Basterà fargli "Buh!" e poi raccogliere con una paletta il piumaggio che ci scaglierà contro prima di scomparire.»

All'inizio non era stato difficile procurarsi l'imbottitura per l'unico materassino della neonata e poi, via via, per il numero sempre crescente di materassi che col passare degli anni erano necessari alla giovane Etrusca. (A una strega adulta, come abbiamo visto, ne serve una pila di cinque.)

I boschi del paese a quel tempo erano pieni di spiumaccioni. Ma col passare del tempo i preziosi gallinacei si erano fatti sempre piú rari. Cinque anni prima, quando la strega aveva rinnovato per l'ultima volta i suoi materassi, era riuscita a malapena a trovare abbastanza piume per sostituire le vecchie. E di recente, andando in perlustrazione per i boschi, non era riuscita ad avvistare neppure uno spiumaccione.

Corrispondenza

Il fatto è che il nuovo re, salito nel frattempo sul trono per la morte del padre, si era incapricciato di quegli strani gallinacei preistorici e aveva cominciato a requisirli per il parco del suo castello, dove amava vederli passeggiare nei viali a puro scopo decorativo.

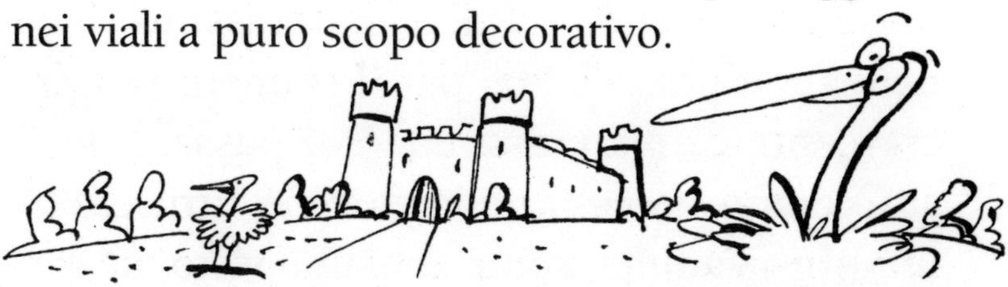

Uno dopo l'altro, aveva finito per catturarli tutti quanti. Gli aveva fatto preparare delle trappole silenziosissime, in modo che gli spiumaccioni si trovavano prigionieri prima ancora di spaventarsi. Poi aveva fatto prelevare persino le uova dai nidi, e a quel punto li aveva dichiarati monopolio reale. "Monopolio" significa che solo lo Stato può produrre e commerciare una certa cosa. Per esempio le sigarette (e nel nostro caso gli spiumaccioni).

Etrusca Cruscòn all'inizio aveva cercato di risolvere il problema con le buone maniere.

Si era messa a tavolino e, dopo essersi grattata la testa venti volte e aver rosicchiato cinque penne nuove, e rovesciato tre volte il calamaio, e gettato con stizza nel cestino quindici fogli di carta appallottolati, aveva scritto questa lettera:

Carro Amicho RE,

tu comme ~~drom~~ dorrmi, io male grazzie e di ki è la colppa, tua annche se ~~fross~~ forse no lo sai.

Io sonno tua amika, ti volio benne e ti con siddero in ocente, ti ~~pré~~ perddono, sonno una srega genne rosissima.

Sonno sikura qe tu no lo sappevi qe il Du~~emetign~~ 2~~Bm~~ett~~èx~~onni, insoma, quelo, ha diciuto qe la sottoscritta stregha dovesse ~~crop~~ corricarsi sui spiumacini, insomma, sule penne di quei besti prestitorichi dentro ali sui materassi. Adeso lo sai.

Mi vengono pruriti, ezemi e crosste da ~~gart~~ gratarmi note e giorrno (Se no ci ho la piuma fresscca).

E no ce lo. Perke tu li hai rinqiusi tuti, queli ucelini. Ma ti perddono de le crosste se tu adeso mi ~~rgli~~ regali la piumma nuova da imbottire. No ti costa gnente e ali ucelini fa mollto bene, perkè no se le strapi tu ma le tirano fuori lori, anzzi le lanciano, di sua proppria volontà, e dopo cresscono altre molto piú meglio di primma. Che forrtunna, vero?

Percio addesso tu fai spavventare tuti i uceli spiumaccioni del parcco reale e racoli piumme caddute e reggali queste a me, qe sono tua ammica, grazzie.

Tua sempre carra e feddele suddita srega

Etruscha Cruscòn

«Ma non sei andata a scuola da piccola?» chiese scandalizzata la civetta Filomena, che stava appollaiata sulla spalla della strega e non poteva fare a meno di leggere tutti quegli strafalcioni.

«Perché?»

«Perché hai fatto un mucchio di errori. Neppure il tuo nome sai scrivere correttamente? Io mi vergognerei di far leggere a qualcuno un simile pasticcio.»

«Perché sei una schizzinosa della prima forza. Io non mi vergogno affatto. Si capisce quello che voglio dire? Sí? E allora di cosa mi devo preoccupare?»

«Contenta tu… Io però un tale concentrato di strafalcioni non lo voglio neppure toccare col becco.»

«E chi ti ha chiesto di toccarlo? Lo farò consegnare da un piccione viaggiatore.»

La strega era molto offesa con la civetta, e piú ancora si offese quando, dopo alcune settimane di silenzio, si rese conto che il re non aveva nessuna intenzione di rispondere alla sua lettera.

Però decise di controllare la sua rabbia e di fare un altro tentativo pacifico.

Mandò la civetta a fare una commissione – perché non le piaceva essere criticata – e scrisse al re un secondo messaggio, sforzandosi di usare un tono piú impersonale, come se si trattasse di una lettera d'affari:

Egregio Fornnitore di piumme,

cuanto chostano penne e piummette di spiumacchione? Prego communicarmi il prezo.

Qualssiasi ciffra costa, io paggo. Potrebe speddire cinque cuintali di piumme all'indirizo dela mia ~~groto~~ ditta.

Distintti salutti.

Dita Kruskòni & C.

Questa volta la risposta arrivò dopo soli tre giorni.

Egregia Ditta Kuskòni & C.,

siamo spiacenti di comunicarvi che le penne degli spiumaccioni reali non sono in vendita.

firmato:
il Ministro delle Finanze

P.S.
Vi informiamo che in tutte le città, paesi e villaggi del Regno esistono scuole serali per analfabeti adulti. Vista la gravità del caso, questo Ministero potrebbe mettere una buona parola perché vi sia concessa la frequenza gratuita.

Etrusca, furibonda, appallottolò il foglio, lo calpestò e lo gettò nel gabinetto.

A mali estremi estremi rimedi

Persa ogni speranza di ottenere con le buone ciò di cui aveva bisogno, a quel punto la strega decise di andarselo a prendere senza tanti complimenti.

Una notte si avvicinò furtivamente al recinto del parco reale, si chinò e cercò di infilarcisi sotto strisciando come un'anguilla.

Ma il re, che per caso stava guardando le stelle con un cannocchiale dalla finestra della sua camera da letto in compagnia della regina, la vide, dette l'allarme e la poveretta finí impallinata dai guardiacaccia.

Intanto, sotto il baldacchino di ragnatele, i cinque materassi si facevano ogni giorno piú duri e gibbosi.

Etrusca non ne poteva piú. Una strega amica le aveva consigliato di recitare ogni giorno questa formula magica:

Grattala, grattala senza posa
la pelle aspra, rasposa e squamosa,
bollosa, crostosa, macchiata e irritata,
simile a un foglio di carta vetrata.
Se duole, se pulsa, se pizzica e prude
come un impacco di ortiche crude,
se brucia come l'abbraccio urticante
di un'affettuosa medusa gigante,
non c'è rimedio, non c'è altro da fare:
devi grattare, grattare, grattare.

Ma non è che la poveretta ne avesse ricavato molto sollievo.

«Ah, ma lo so io come fare per convincerlo, quel prepotente di un re!» esclamò quella mattina la strega esasperata. «Adesso vado alla reggia e rapisco la principessina Isotta. Voglio vedere se, per riavere indietro la sua unica figlia ed erede, quell'egoista incoronato non mi consegnerà immediatamente tutte le penne di spiumaccione che mi servono, non per cinque, ma per dieci, per cento, per mille, per un miliardo di materassi!»

«Guarda però che tu non sei esperta di rapimenti. E neppure di bambini. Secondo me andrà a finire male» osservò sbadigliando la civetta Filomena.

«Come vorrei che Duermetenignaquerida consigliasse a qualcuno di imbottire il materasso con piume di civetta!» rispose la strega, scagliandole contro un librone di magia.

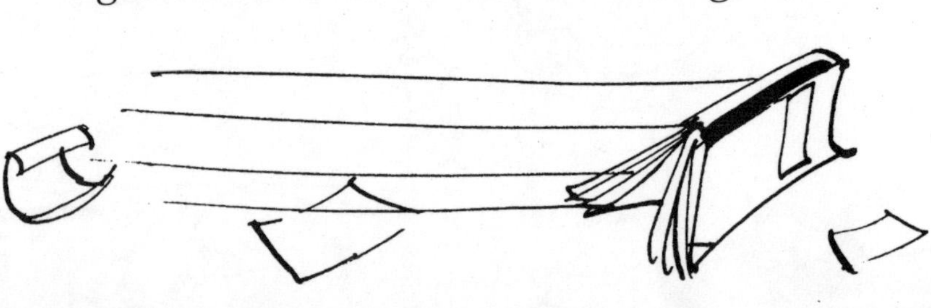

Poi inforcò la scopa e disse la formula magica per metterla in moto. Ogni scopa ha la sua formula personale, e chi non la conosce, non riuscirà mai a farla volare.

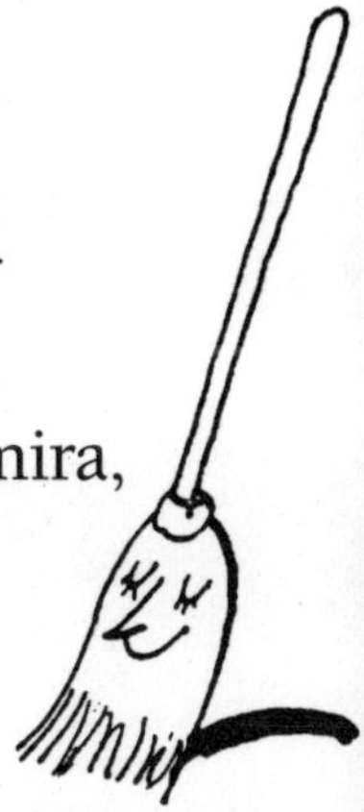

La scopa di Etrusca si chiamava Vladimira, e la sua formula diceva:

Verdi violini di venerdí,
voglio andarmene via di qui;
vespe, ventagli, vascelli e verbene,
magica scopa, ascoltami bene.
Vaniglia, vortici e vele di velo,
alzati in volo e volteggia nel cielo,
vette, vertigini, vermi e virtú,
per favore, mi porti laggiú?

Non dimenticate questi versi perché piú avanti, chissà? potranno esservi utili.

A caccia di principesse

Dopo circa dieci minuti, se qualche cittadino mattiniero del centro storico si fosse affacciato alla finestra avrebbe visto nel cielo della capitale una strana figura che sembrava proprio una vecchia a cavallo di una scopa. Era la nostra Etrusca Cruscòn, che stava volando lentamente attorno all'edificio della reggia. Si teneva rasente al muro, e scrutava una dopo l'altra dentro alle finestre per scoprire quale fosse la stanza da letto della bambina reale.

Era ancora prestissimo, e dietro i vetri si potevano vedere ministri e cortigiani, valletti e marchese, damigelle, cuoche e autisti, tutti profondamente addormentati nei loro letti. Per non parlare del re e della regina, che ronfavano della piú bella sotto alle coperte.

Russava persino il povero lustrascarpe, che non aveva un letto, ma dormiva per terra nello stanzino degli stracci.

"Che rabbia!" pensava la strega. "Che invidia! Questi certamente non hanno problemi di materassi o di mal di schiena."

Finalmente arrivò a una finestra al di là della quale si vedeva un piccolo letto a baldacchino sormontato da una corona d'oro.

"Ci siamo!" pensò Etrusca. Atterrò sul davanzale, spinse le imposte socchiuse ed entrò nella stanza in penombra.

"Una mocciosa di quattro anni e mezzo non deve pesare molto" pensava. "La tiro su mentre è ancora addormentata, la carico sulla scopa come un fagotto e la porto via in un attimo."

Ma quando scostò le tende di velo bianco, vide che la piccola Isotta era sveglia, anzi, era seduta sul letto con i piedini nudi fuori dalle coperte e giocava silenziosa col suo orsacchiotto.

Due pensieri si incrociarono contemporaneamente nella testa della strega: il primo era un pensiero pieno di simpatia che diceva: "Questa è come me, poveraccia. Soffre d'insonnia."

Ma il secondo, un pensiero spaventatissimo, strillava allarmato: "Santo cielo! È sveglia! Ora si metterà a gridare, accorreranno le guardie e mi arresteranno."

Etrusca però non aveva fatto i conti con la mentalità moderna della governante reale, Fräulein Fritilde, la quale aveva imposto a tutti i cortigiani di aiutarla a educare la principessina senza riempirle la testa di frottole e di storie di fantasia. In tutta la sua vita Isotta non aveva mai sentito nominare né fate né streghe, né incantesimi né magie.

Quanto alle persone diciamo cosí, normali, tutti erano sempre stati gentili e affettuosi con lei, non fosse altro che perché era la principessa ereditaria.

Quindi la bambina non aveva sviluppato nessun senso di timore o diffidenza nei riguardi degli sconosciuti.

Un sacco di bugie

Alla vista della strega Isotta dunque sorrise tranquilla e disse:

«Ciao. Chi sei? Come hai fatto a entrare?»

«Sono una tua amica» mentí rassicurata la strega. «Sono entrata dalla finestra col mio piccolo aereo privato per invitarti a fare una passeggiata. Mi sembra che ti stai annoiando, tutta sola come sei. Andiamo?»

«Andiamo!» rispose piena di fiducia la principessina scendendo dal letto tutta contenta. «Aspetta però che prendo la corona. Mamma mi ha raccomandato di non uscire mai senza. Dice che nessuno deve mai vedermi a testa nuda. Pensa che me la metto sempre, anche di notte, quando mi alzo per andare a fare la pipí. Sai, potrebbe svegliarsi la sentinella che sta di guardia nel corridoio...»

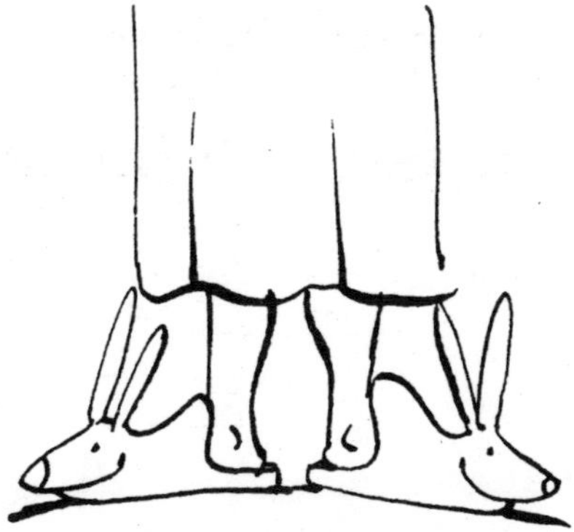

Si mise a cercare sul comodino, poi sotto il letto, e, già che c'era, si mise le pantofole col muso di coniglietto. La strega aspettava, cercando di nascondere l'impazienza dietro un sorriso melenso. Purché nel frattempo Fräulein Fritilde, nella stanza vicina, non si svegliasse!

«Ma dov'è questa corona? Dove si può essere cacciata? Eccola!» esclamò Isotta trionfante, estraendo il diadema da sotto il cuscino.

Se lo mise in testa, un po' di sghimbescio.

«Sono pronta. Andiamo?»

Erano già sul davanzale, quando la principessina parve ripensarci:

«Non posso venire...» cominciò. La strega la guardò delusa. Quella mocciosa le era simpatica e avrebbe preferito non dover ricorrere alle maniere forti, ma se non c'era altro mezzo...

«Cosa c'è adesso?» chiese brusca.

«... non posso venire senza il mio orsacchiotto» spiegò la bambina.

Corse in un angolo della stanza e tornò stringendo al petto il giocattolo di peluche.

«Però torniamo in tempo per la colazione, vero? La Fräulein si innervosisce se non mi siedo a tavola all'ora giusta.»

«Sí, certo. Facciamo solo un giretto piccolo piccolo» mentí rassicurante la strega.

Rapita!

Scavalcarono il davanzale. Ci fu un attimo d'imbarazzo quando Isotta vide Vladimira.

«Cos'è?» domandò incuriosita. Non aveva mai visto una scopa, perché alla reggia usavano solo l'aspirapolvere.

«È l'ultima invenzione in fatto di minireattori» tagliò corto la strega. «Svelta, siediti a cavalcioni dietro di me e tieniti stretta.»

Per far muovere la scopa naturalmente Etrusca dovette recitare la formula magica. Non ve la ripeto perché sono sicura che ve la ricordate benissimo.

«Attenzione! Si parte!»

Vrooommmmm!

Volarono nel cielo ormai azzurrissimo, sopra la città che si risvegliava, sopra i garzoni del pasticciere che pedalavano con slancio per consegnare al bar le brioche ancora calde calde, sopra i giardinieri che innaffiavano le aiuole e sopra i metronotte che, finito il turno, se ne tornavano a casa a dormire.

Isotta strillava di gioia, agitava i piedi, e fu cosí che perse una pantofola col muso di coniglietto, che andò a cadere sulla testa pelata di un meravigliatissimo poliziotto che iniziava il servizio della giornata.

L'uomo guardò in alto, vide la vecchia e la bambina a cavallo della scopa e pensò: "Non devo piú mangiare baccalà e gorgonzola per cena. Cibi pesanti, chiamano tutto il sangue allo stomaco per digerire, e il cervello si mette a fare strani scherzi..."

Si frugò in tasca, trovò una bustina di magnesia e la trangugiò asciutta com'era. Poi, con la bocca piena di saliva schiumosa e frizzante si diresse verso il commissariato senza sollevare piú gli occhi dal marciapiede. (La pantofola intanto era andata a infilarsi in un tombino ed era sparita.)

Certamente se l'uomo avesse saputo che la figlia del re era stata rapita, non avrebbe fatto cosí. Ma per il momento non lo sapeva.

Neanche Isotta lo sapeva. Perlomeno, non si era ancora resa conto che in quella passeggiata mattutina c'era qualcosa di poco chiaro.

A questo punto della storia gli unici a sapere del rapimento siamo noi, la scrittrice e i lettori, prima di tutto perché abbiamo seguito fin dall'inizio i pensieri e le mosse della strega, e poi perché abbiamo già chi scritto e chi letto o ascoltato tanti e tanti libri di streghe, di rapimenti e di avventure.

Lo sappiamo, ma mica possiamo dare l'allarme!

Comunque non doveva passare molto tempo prima che anche Isotta si rendesse conto del pasticcio in cui era andata a cacciarsi.

Quando furono in vista della grotta, la strega diresse il manico di legno verso il basso, toccò terra, frenò, sfilò la scopa di tra le gambe della principessina e la poggiò alla parete.

«Fine della passeggiata!»

Isotta la guardò aggrottando la fronte.

«E non fare quella faccia. Hai capito benissimo. Era un viaggio di sola andata. Non ho nessuna intenzione di riportarti a casa.»

«Devo tornare da sola? Mi fai accompagnare in automobile?» chiese la bambina, divertita all'idea di arrivare alla reggia in camicia da notte e pantofole, anzi con una pantofola sí e l'altra no. Chissà come si sarebbe arrabbiata Fräulein Fritilde!

«Farti accompagnare? E da chi? Dal gatto? Non sa guidare, lui. E neanche ce l'abbiamo, la macchina» rispose la strega. «Ma sentila un po', questa smorfiosa. Non l'hai ancora capita che resterai con me finché tuo padre non mi avrà consegnato tutti i suoi spiumaccioni? Sissignore. Ti consiglio di non metterti a piangere, perché è inutile. Qui non ti sente nessuno.»

«E chi piange?» rispose Isotta sollevando il mento in tono di sfida.

«Etrusca, Etrusca, hai trovato pane per i tuoi denti» sghignazzò la civetta Filomena. «Te l'avevo detto che di bambini tu non te ne intendi. Questa mocciosa ti darà del filo da torcere, credi a me.»

«Ma sta' un po' zitta!» rispose la strega, poi, rivolta alla bambina: «E tu, vieni qua che ti lego alla gamba del tavolo.»

Ma la principessina si era calcata la corona in testa, aveva stretto al petto l'orsacchiotto e zoppicando sull'unica pantofola se n'era andata coraggiosamente a esplorare il fondo della grotta.

«Vedi? Ha paura di me. Non oserebbe scappare senza il mio permesso» disse la strega alla civetta.

Isotta intanto aveva scoperto i pipistrelli che dormivano appesi a testa in giú e si era messa a strillare: «Che carini!»

Non sapeva che presto ne avrebbe avuto uno tutto per sé.

Storia del pipistrello abbandonato

A circa dieci chilometri dalla grotta della strega c'era una vecchia casa di campagna che i proprietari avevano deciso di ristrutturare per venirci a passare l'estate. Proprio quella mattina erano arrivati i falegnami per riparare le porte e le finestre.

Se non che, durante i mesi in cui la casa era rimasta disabitata, una pipistrella era riuscita a infilarsi nel vano di una finestra, tra i vetri e le persiane. Era un posticino buio e riparato: l'ideale per farci il nido.

Non che volesse mettersi a covare. I pipistrelli sono mammiferi, perciò non fanno le uova. Comunque i neonati, appena usciti dalla pancia della mamma, devono starsene tranquilli al calduccio per un po' di tempo.

In quel nido, oltre alla madre, c'erano tre pipistrellini che ancora prendevano il latte e non erano mai usciti all'aperto.

Quando il falegname, arrampicato sulla scala, aprí le persiane, la luce del giorno fece irruzione nel nido e svegliò mamma pipistrella, che spaventatissima se ne volò via, portandosi come al solito i pipistrellini aggrappati sulla schiena. Volava come impazzita, sbattendo contro i rami degli alberi e i fili della luce, perché il suo radar funzionava solo di notte.

E fu cosí che uno dei piccoli cadde e finí sul cornicione del tetto. Coraggiosamente il pipistrellino, che fino ad allora non aveva mai volato, aprí le ali e si buttò all'inseguimento della madre, che non si era accorta di niente e ormai era lontana.

«Mamma!» strideva il piccolo. «Mamma, aspettami!» Ma la pipistrella era sparita.

Disorientato, il pipistrellino continuò a volare e arrivò in vista di un villaggio. Sorvolò i tetti sbattendo alla cieca contro i comignoli e la biancheria stesa ad asciugare.

«Mamma! Mamma! Dove sei?» chiamava. Ed ecco che vide in un cortile una sagoma dalle grandi ali nere che correva lungo il muro.

«Mamma!» strillò felice, e scese in picchiata... verso un ombrello nero che qualcuno aveva lasciato aperto ad asciugare e che adesso rotolava portato a spasso dal vento.

Potete immaginare quanto ci restò male il povero pipistrello. Delusissimo riprese quota e proseguí la sua strada squittendo disperato.

Lasciò i tetti del villaggio e sorvolò campi con erbe, alberi e cespugli.

Ogni tanto incrociava un'allodola, un tordo, un colombo, un cardellino, che gli gridavano:

«Ehi, tu! Non dovresti essere a letto a dormire, a quest'ora?»

Finalmente, sulla porta di una chiesa, vide un grande animale nero che sbatteva le ali.

«Mamma, eccomi!» stridette felice dirigendosi verso il basso. Ma fu colpito da un libro scagliato con forza e barcollò nell'aria rischiando di precipitare. Le ali nere non erano altro che la sottana del parroco che, nonostante il vento, se ne stava a leggere il suo libro di preghiere sulla soglia della chiesa.

Lo so, qualcuno di voi lettori a questo punto starà protestando:

«Ma che scemo questo pipistrellino! Possibile che non sappia com'è fatta sua mamma?»

Possibilissimo. Dovete pensare che nel nido c'era sempre buio pesto, e i quattro neonati riconoscevano la madre solo dal calore, dall'odore, dal sapore del suo latte. Vedere, non l'avevano mai vista.

Stremato e col cuore a pezzi il pipistrellino continuò a volare alla cieca, abbagliato dalla luce del sole.

La richiesta di riscatto

Nella grotta intanto la strega stava assaggiando il contenuto del pentolone che aveva sobbollito a fuoco lento per cinque giorni, e poi era stato due giorni a riposare a fuoco spento. Era una brodaglia densa e nera come la pece e puzzava di pesce, perché fra gli altri ingredienti conteneva anche sette chili e mezzo di seppioline. Poteva essere usata sia come filtro magico che come zuppa, se non c'era altro da mangiare.

«Mi sembra cotta a puntino» disse la strega. «Adesso ci manca solo una spolverata di corno di rinoceronte grattugiato. Filomena, per favore, vai al giardino zoologico a procurartene un pochettino.»

«Ma è lontanissimo! Ci metterò tutto il pomeriggio» protestò la civetta.

«Tanto qui non hai niente di meglio da fare.»

Era tutta una scusa per togliersi di mezzo quella criticona. Infatti la strega aveva deciso di scrivere una terza lettera al re.

Appena Filomena fu uscita, Etrusca prese carta e penna e si mise a tavolino.

Subito la principessina venne ad arrampicarsi sullo sgabello e poggiò i gomiti sul tavolo molto interessata.

«Cosa stai facendo?»

«Zitta! Non farmi perdere la concentrazione.»

Etrusca sudava. Come abbiamo visto, la scrittura non era il suo forte. Ci mise quasi un'ora, grattandosi la testa e rosicchiando la penna, per comporre questo capolavoro:

Egrregio Sigor Re,

scometo qe non sai dovè in cuesto momennto tua filia Isota. Scometo que stanote è sqomparrsa dal suo leto e qe la statte cerchando in tuta la regia sensa riusqire a trovarlla.

Lo sai dovè? Te lo dicco io.

IO = quela qe tu ai tratato quosí male: Etruka Krusccòn!

Tua filia e cuí, prighioniera nela mia ~~gor~~ grota. E sapi qe no te la ~~restu~~ restituirrò se no mi ~~choseg~~ chonseghni tuti, ma proppio tuti i uceli spiumachino qe ahi nel parcho. Sarebe uno schambio di prighioneri.

Me li devi chonsengare a domi cilio, e anche schrivere un chertifichato qe dicce qe me li regali e qe sono miei.

Non ti sembrra un'offerta raghionevole? Parlane kon tua moghlie.

Distinti saluti

Etruscha Chruschon

P.S.
maghari tu credi qe e tuta una bugia.
Invecce e la verrità. Per darrti la ~~porv~~
prova ti mando una pantofola di tua
filia. Laltra la perdutta volando.

Quando ebbe finito, la strega porse la penna alla principessina:

«Questa lettera è per tuo padre. Aggiungici i tuoi saluti.»

«Ma non so scrivere! Ho solo quattro anni e mezzo» protestò Isotta. «Posso farci un disegno.»

E con la penna tracciò il ghirigoro di una faccia sorridente, perché voleva che i genitori sapessero che si stava divertendo un mondo e non si preoccupassero troppo.

Il messaggio fu affidato a uno dei colombi viaggiatori, che si mise in volo verso la reggia. Etrusca, esausta per lo sforzo, si gettò sul letto e cominciò a russare, dimenticando che la prigioniera non era legata né trattenuta in alcun modo.

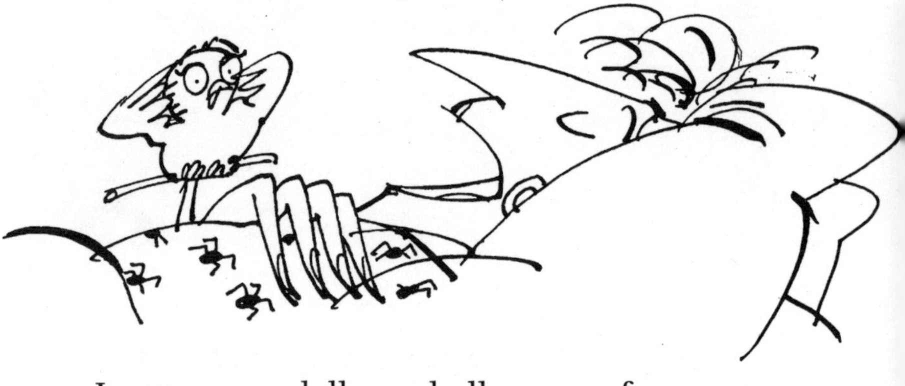

Isotta scese dallo sgabello senza far rumore e si diresse in punta di piedi verso…

"Verso la porta della grotta!" penserete a questo punto tutti contenti voi lettori. "Scappa, scappa, Isotta, che la tua carceriera sta dormendo!"

E invece no. La principessina si diresse cautamente verso l'interno della grotta.

"Ma cosa fai? Sei scema? Torna indietro. La porta è dall'altra parte."

Non era neppure una porta, ma una semplice apertura, e non c'era un cane feroce a custodirla, ma solo un ranocchio che sguazzava in una pozzanghera.

"Scappa, Isotta, scappa!"

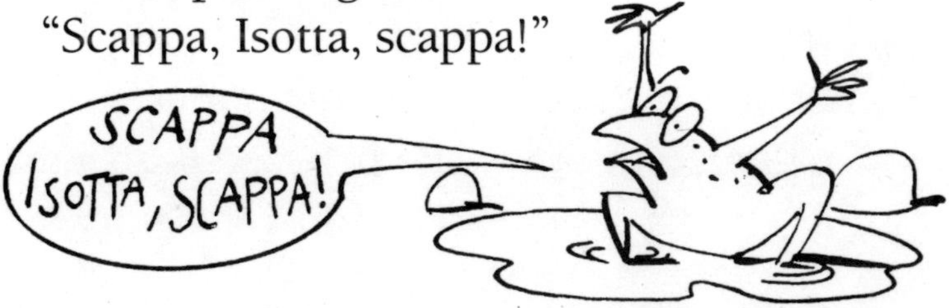

Ma la principessina era piú furba di quanto voi possiate sospettare. Fin da quando aveva messo piede nella grotta aveva deciso che non era il caso di tornarsene a casa a piedi: la reggia era lontanissima e lei era scalza, e poi non era sicura di conoscere bene la strada.

Voleva tornare con lo stesso mezzo con cui era arrivata, cioè a cavallo della scopa. Dall'alto sarebbe stato molto piú facile localizzare la città e il palazzo reale.

Ricordate che la strega aveva poggiato Vladimira a uno spuntone di roccia in fondo alla grotta? Isotta le si avvicinò cautamente, le sfiorò il manico con una carezza e, visto che la scopa non protestava, le montò a cavalcioni, la scrollò… Ma la scopa non si mosse.

Chiaro. Bisognava recitare la formula magica.

Chissà se Isotta se la ricordava? In fondo l'aveva sentita pronunciare solo una volta, e allora non sapeva che fosse cosí importante.

C'è qualcuno di voi che per caso la sa a memoria? Qualcuno sta tornando velocemente a pagina 25?

Ma tanto, mica glieli possiamo suggerire quei versi, alla principessina, perché lei sta dentro alla storia e noi fuori.

Per fortuna Isotta aveva una memoria straordinaria, e le parole magiche le tornarono subito in mente:

Verdi violini di venerdí,
voglio andarmene via di qui;
vespe, ventagli, vascelli e verbene,
magica scopa, ascoltami bene.
Vaniglia, vortici e vele di velo,
alzati in volo e volteggia nel cielo,
vette, vertigini, vermi e virtú,
per favore, mi porti laggiú?

Obbediente la scopa si sollevò per aria. Entusiasta la principessa dimenticò ogni prudenza, girò le manopole immaginarie come faceva sempre col triciclo, e fece: «Bruuum! Bruum!»

Manco a dirlo, il rumore svegliò la strega, che si drizzò sul letto e arrabbiatissima puntò il dito verso la scopa:

«Ferma!» gridò.

Vladimira obbedí all'istante, si bloccò sospesa a mezz'aria e Isotta per il contraccolpo perse l'equilibrio e cadde a capofitto... proprio dentro il pentolone della zuppa magica che stava lí sotto.

Bleah! Che schifo! Per fortuna che non era bollente.

Ecco una manina che si aggrappa al bordo del pentolone. Ecco la cima della corona. Ed ecco Isotta tutta intera, ma inzuppata e nera come uno scarafaggio. Si scrolla come un cane bagnato e gocce nere di brodaglia schizzano dappertutto.

«Sudiciona, esci all'istante, e non sgocciolarmi sul pavimento» urlò Etrusca furibonda.

La bambina obbedí, ma immediatamente ai suoi piedi si formò un laghetto di brodaglia nera.

"Bisogna che mi tolga subito la camicia" pensò "È fradicia, e mi verrà il raffreddore."

Cosí venne sulla soglia della grotta e se la sfilò dalla testa. Per farlo dovette togliersi la corona.

«Guai a te se scappi» la minacciò la strega.

«E come posso scappare, scalza, nuda e senza corona? Devo aspettare che la mia camicia asciughi» rispose la bambina.

Pochi istanti prima nel cielo era apparso un puntino nero che avvicinandosi diventava sempre piú grande. Era il pipistrellino, che volava a zigzag, ormai completamente disorientato e allo stremo delle forze.

Quando il poveretto vide sventolare la camicina nera della principessa, dette un grande strido di felicità:

«Mamma! Mamma! Ti ho ritrovata finalmente!»

Un'altra bambina, a vedersi piombare addosso quel bolide dalle ali membranose si sarebbe spaventata, cosa ne dite?

Non Isotta. Lei non ebbe un briciolo di paura, anzi si mise a strillare di gioia:

«Che bello! Oh, che bel pipistrellino! Vieni poverino, vieni. Sei stanco, vero? Riposati qui sulla mia spalla. Andiamo dentro, cosí questa brutta luce non ti darà piú fastidio.»

Era cosí affettuosa che il pipistrello – che come abbiamo visto aveva le idee un po' confuse in proposito – si convinse di avere ritrovato la sua vera mamma. E da quel momento non abbandonò piú Isotta, sopportando a malapena di dividerla con l'orsacchiotto.

Aspettando una risposta

Per evitare che Isotta tentasse di nuovo la fuga la strega appese la scopa a un gancio che sporgeva dal soffitto della grotta, troppo in alto perché la principessina lo potesse raggiungere.

«E poi cosa scappavi a fare, stupidina? A quest'ora tuo padre avrà già ricevuto la mia lettera e certamente prima di sera lo vedremo arrivare col riscatto.»

«Bisogna che sia a casa puntuale per l'ora di cena» disse Isotta «altrimenti la Fräulein si arrabbia e mi mette in castigo.»

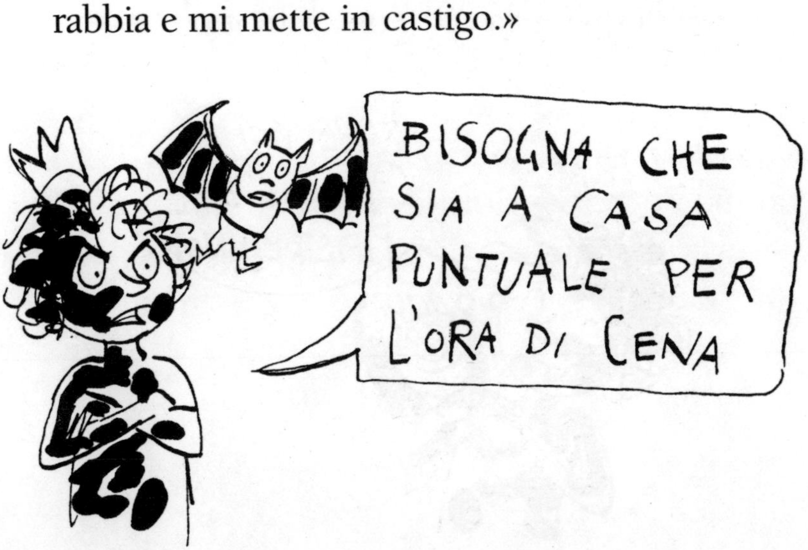

Ma tramontò il sole, e poi scese il buio, senza che nessuno si presentasse a chiedere indietro la principessa. Il gatto e i pipistrelli uscirono a caccia. (Non il pipistrellino nuovo, ch'era troppo stanco e se ne rimase a dormire.)

Anche i rospi, saltellando, se ne andarono a prendere il fresco.

Isotta cascava dal sonno. Poiché la sua camicia da notte non era ancora asciugata, Etrusca le aveva dato un suo vestito di quand'era piccola.

«Non riesco a spiegarmi questo ritardo» bofonchiava la strega.

«Te l'avevo detto che il tuo piano non avrebbe funzionato» sghignazzava Filomena.

«Ho fame!» piagnucolava la principessina, per la quale l'ora di andare a letto era passata da un bel pezzo.

«Hai ragione. Mangiamo un po' di zuppa e andiamocene a dormire» sbuffò alla fine la strega. «Sai cosa ti dico, mocciosa? Hai poco da stare allegra. Tuo padre evidentemente se ne infischia di te. E anche tua madre. E la tua governante. E i ministri, e i cortigiani...»

Isotta si mise a ridere. Non credeva a una sola parola di ciò che aveva detto la strega.

Pensava, da bambina ragionevole qual era, che se i suoi genitori non erano ancora corsi alla grotta, certamente c'erano dei buoni motivi.

E aveva ragione. Ricordate cosa aveva scritto Etrusca nella sua lettera?

"E sapi qe no te la restituirrò se no mi chonseghni tuti, ma proppio tuti i uceli spiumachino qe ahi nel parcho."

Appunto, nel parco. Mica ce li aveva in tasca il re, gli uccelli spiumaccioni.

Perciò, letta la lettera, aveva immediatamente organizzato una spedizione per catturarli, ma non era cosí facile, perché quei dannati gallinacei, come abbiamo visto, erano bravissimi a disorientare i cacciatori e a sparire nel folto degli alberi e dei cespugli.

All'ora di pranzo il terreno del parco era bianco di piumette come se avesse nevicato, e i cacciatori avevano ancora le trappole vuote.

All'ora di cena c'era un unico spiumaccione rinchiuso nella prima delle dieci grandi gabbie che aspettavano di essere caricate su altrettanti camion reali.

Il re era sull'orlo di una crisi isterica.

«Non posso presentarmi a quella dannata strega con un solo pennuto» strepitava. «Avete o non avete letto cosa c'era scritto nella lettera? Per riavere indietro Isotta devo portarglieli TUTTI.»

«Ci vuole il suo tempo, Graziosa Maestà» si scusavano i guardacaccia. «Le ricordiamo che ci abbiamo messo piú di un anno a catturare gli spiumaccioni e a trasferirli nel parco...»

«Un anno! Non posso aspettare tanto tempo per rivedere mia figlia!» singhiozzava la regina. «Povera Isotta, chissà chi le rimboccherà le coperte stanotte?»

Mentre nel parco reale la caccia allo spiumaccione andava avanti alla luce delle torce, nella grotta la principessina dormiva rannicchiata contro la schiena della strega. A lei le gibbosità dei cinque materassi non davano alcun fastidio. Etrusca invece passò la notte con gli occhi sbarrati, chiedendosi cosa ne avrebbe fatto l'indomani di quella marmocchia, se i genitori non si decidevano a venirsela a prendere.

«Ah, se avessi dato retta a Filomena!» sospirava tra sé e sé. «Aveva ragione. Questo rapimento minaccia di trasformarsi in un grande pasticcio.»

Apprendista streghetta

I guardacaccia ci misero cinque giorni a catturare tutti gli spiumaccioni e a rinchiuderli nelle gabbie. A quel punto finalmente la carovana dei dieci camion, preceduti dalle camionette della polizia e dalla Rolls Royce del re, poté mettersi in viaggio verso la grotta della strega.

«La nostra piccola Isotta! Purché nel frattempo quella vecchia malvagia non le abbia fatto del male...» singhiozzava la regina.

«Certamente quella discola avrà preso delle pessime abitudini. Dopo tutti i miei sforzi per darle una buona educazione!» sbuffava Fräulein Fritilde.

«La mia piccola principessa! Chissà quanto avrà pianto! Chissà come sarà impaziente di rivederci!» sospirava il re.

Invece Isotta, proprio in quel medesimo istante, stava pensando: "Uffa! Stanno già arrivando. Ma non potevano metterci qualche altro giorno?"

A questo punto non dovete pensare, miei cari lettori, che la principessa fosse una bambina senza cuore. Se non aveva fretta di andarsene dalla grotta aveva le sue buone ragioni.

Prima di tutto, non sentiva nostalgia dei genitori e non temeva che l'avessero dimenticata, per il semplice motivo che li vedeva sera e mattina. Come? Ma nella sfera magica della strega!

L'aveva trovata rovistando in un vecchio baule alla ricerca di un quaderno, perché aveva convinto Filomena a insegnarle a leggere e a scrivere.

«Cosí anche Etrusca potrà approfittarne» aveva ridacchiato la civetta.

Dal baule erano venuti fuori quaderni spiegazzati, vecchi libri di magia, e quella palla di vetro tutta sporca di polvere e di ditate.

«Ma guarda un po'! E io che credevo di averla perduta durante l'ultimo trasloco!» aveva esclamato Etrusca tutta contenta. «Vieni, mocciosa, che la interroghiamo. Cosí potremo sapere finalmente cosa sta combinando tuo padre.»

La sfera, debitamente pulita e lucidata, mostrò come prima cosa un turbinio di fiocchi bianchi.

«Nevica!? Al palazzo reale nevica? Ma se siamo in estate!» disse la strega sconcertata.

«Etrusca, Etrusca, quando ti deciderai a usare il cervello?» rise la civetta. «Non lo vedi che sono piumette di spiumaccione?»

Rassicurate, la strega e la bambina poterono constatare che il re non se ne stava con le mani in mano, ma che anzi aveva mobilitato tutti i cortigiani perché aiutassero i guardacaccia. Si resero anche conto che l'operazione richiedeva il suo tempo e che ci sarebbe stato da aspettare un po'.

Ogni giorno, prima di pranzo e prima di cena (mangiavano sempre zuppa di seppie) consultavano la sfera e controllavano a che punto fosse la cattura degli spiumaccioni.

Il secondo motivo per cui Isotta non aveva fretta di tornare a casa era che non sopportava l'idea di separarsi dai suoi amici animali. Oltre a Filomena e al pipistrellino orfano, si era affezionata straordinariamente al gatto, ai piccioni viaggiatori, alle lucertole, persino ai ragni e ai tre rospi che sguazzavano nella pozzanghera davanti alla grotta.

Alla reggia non aveva mai potuto tenere un animale vero.

«Non è igienico!» decretava la Fräulein.

«Che schifo!» strillava la regina, quando scoprivano il bruco peloso o la cavalletta che Isotta aveva introdotto di contrabbando nascosti nella scatola dei fiammiferi. La regina, dopo aver strillato, qualche volta sveniva, qualche volta si metteva a letto con una fortissima emicrania. La Fräulein invece metteva Isotta in castigo.

Gli unici animali che la principessina aveva il permesso di tenere erano quelli di peluche. Ne aveva moltissimi, ma certo non le davano la stessa soddisfazione.

Il terzo motivo per cui a Isotta sarebbe piaciuto restare un altro po' nella grotta era che aveva convinto Etrusca a insegnarle qualche magia, cominciando da quelle piú semplici.

Adesso per esempio conosceva la formula per far diventare d'un bianco immacolato qualsiasi oggetto solo sputandoci sopra, e ne aveva approfittato per ripulire la sua camicia da notte.

Sapeva puntare un dito sulla roccia piú dura, asciutta e sassosa, e farci spuntare all'istante una piantina fiorita. Sapeva trasformare le bolle di sapone in libellule, e la zuppa di seppie in crema di cioccolato. Sapeva dirigere con lo sguardo la matita in modo che scrivesse o disegnasse, senza bisogno di tenerla in mano e neppure di avvicinarsi.

E soprattutto, adesso che si fidava di lei e non temeva piú che fuggisse, Etrusca le aveva regalato una piccola scopa della sua misura, che si chiamava Ausonia.

Ausonia ancora non sapeva volare molto bene e doveva prendere lezioni da Vladimira. La formula magica per metterla in moto era questa:

Tutti gli uccelli del cielo
ti assistano in questo volo,
– rondine, tordo e usignolo! –
sollevati dal suolo
– stornello, corvo e piviere! –
senza farmi cadere,
– colombo, luí e procellaria! –
va' in alto, in alto nell'aria,
– scricciolo, merlo e fagiano! –
vola come un aeroplano,
– upupa e gallo cedrone! –
portami a destinazione.

Per ora la scopetta riusciva a sollevarsi da terra solo una sessantina di centimetri, ma ogni giorno faceva progressi. Isotta le voleva cosí bene che se la portava anche a letto.

I liberatori

Come abbiamo visto Isotta sapeva dalla sfera magica che i suoi genitori stavano per arrivare con gli spiumaccioni del riscatto.

Cosí sputò ancora una volta sulla camicina, lucidò la corona, spazzolò l'orsacchiotto, prese in braccio il pipistrello e andò ad aspettarli sulla soglia della grotta. Etrusca le venne vicino e le mise una mano sulla spalla.

Fu cosí che le videro i salvatori, quando il corteo superò l'ultima curva della strada.

«È sana e salva, grazie al cielo!» esclamò la regina.

«Una bambina beneducata non se ne va in giro scalza» disse la Fräulein.

«Coraggio, Isotta! Papà sta arrivando a liberarti!» gridò il re.

Non scese dalla Rolls Royce perché era un gran fifone. Nessuno scese, perché non sapevano come avrebbe reagito la strega. Il re fece un cenno ai guardacaccia perché scaricassero le gabbie e disse con rabbia alla strega: «Hai vinto tu, vecchiaccia! E adesso sta' ai patti: restituiscimi la mia bambina.»

«Isotta, sali in macchina» disse Etrusca.

«Aspetta. Sei sporca come un porcello» disse la Fräulein. «Non c'è la possibilità di farti un bagno? Dove? In quella pozzanghera? Ma sei matta?»

Bisogna riconoscere che Isotta aveva, sí, la camicina bianca come la neve, ma il viso, i piedi, le mani e anche i capelli erano pieni di terra e di fuliggine, perché in quei cinque giorni la strega non le aveva mai detto di andare a lavarsi.

«Pazienza. Basta che non ci si sieda vicino» disse la regina. «Mettiti davanti, accanto all'autista, Isotta. Ti laverai appena saremo alla reggia.»

«E anche l'orsacchiotto è lurido» aggiunse la Fräulein. «Fammi un piacere: lascialo qui. Domani te ne compreremo uno nuovo.»

Ma a quel punto Isotta, che non si era mossa dalla soglia della grotta, si mise a pestare i piedi:

«No, no e no!» strillava. «L'orsacchiotto non lo lascio. Nemmeno per sogno. Anzi, ascoltatemi bene, mamma e papà. Io a casa ci torno solo se posso portare con me tutti i miei amici» e cominciò a elencare sulle dita: «Il pipistrello, il gatto, la civetta, i rospi, Ausonia, Vladimira... e la strega, naturalmente!»

Il re non credeva alle proprie orecchie.

«Questo è il colmo!» esclamò indignato. «Ma come? Quella brutta vecchiaccia ti ha rapito, ti ha strappato dal tuo lettino nel cuore della notte gettandoci nella disperazione, ti ha tenuta prigioniera... e tu la vuoi portare a casa?»

«Senza di lei non ci vengo neppure io» rispose Isotta incrociando le braccia ostinata.

«Io i bambini non riuscirò mai a capirli. Ci rinuncio» sospirò il re rassegnato. Non era capace di negare niente alla principessina. «E va bene! Dille di salire su una camionetta della polizia.»

«Fossi matta!» disse però la strega, offesa per quel tono brusco e perché non era stata invitata ufficialmente. «Io resto qui. Devo occuparmi dei miei materassi. Sbrigatevi a scaricare quei dannati gallinacei.»

La madre d'Isotta si rese conto che la sua bambina stava per scoppiare a piangere. Testarda com'era, c'era il rischio che si rifiutasse davvero di tornare a casa. Gettò al marito un'occhiataccia che significava: "Vuoi rovinare tutto?" Poi si rivolse alla strega in tono mielato:

«Gentilissima signora Cruscòn, vuole farci l'onore di essere nostra ospite per una settimana, per un mese, un anno o tutto il tempo che vorrà? Le assegneremo l'appartamento piú bello e comodo della reggia.»

«E per dormire?» chiese la strega, addolcita da tanta cortesia. «Lei sa che noi streghe abbiamo delle esigenze particolari.»

«Be', può portarsi dietro il suo letto. Sui camion c'è tutto il posto che serve.»

«Mia cara, la nostra ospite si riferisce ai materassi» intervenne il re, che aveva imparato la lezione. «Forse hai dimenticato che c'è qualche problema con l'imbottitura… È ben per questo che siamo venuti sin qui con dieci camion di spiumaccioni.»

«Se mi date una mano, possiamo rinnovare le imbottiture in un batter d'occhio» propose la strega.

E cosí fecero. Si sparpagliarono nello spiazzo davanti alla grotta, i reali, la Fräulein, la strega, i gendarmi, i guardacaccia, i cortigiani. Il re ordinò di aprire le gabbie, una dopo l'altra, e appena gli spiumaccioni uscivano, tutti fingevano di saltargli addosso e facevano: «Buh!» Naturalmente non usavano le reti, cosí i gallinacei preistorici riuscivano a dileguarsi, ma lasciavano per terra tutto il piumaggio. Quando l'ultima gabbia fu vuota, per terra c'era una montagna di piume e piumette, con le quali sostituire l'imbottitura dei materassi fu un gioco da bambini.

Poi rimisero tutto in ordine, affidarono la custodia della grotta alla civetta Filomena e ai pipistrelli adulti, e si prepararono a partire per la città.

«Vuole accomodarsi al nostro fianco sulla Rolls Royce, gentile signora Cruscòn?» chiese il re inchinandosi cerimonioso davanti alla strega.

«Grazie, ma preferisco la mia Vladimira. Vi precedo» rispose Etrusca. Inforcò la scopa e recitò: *«Verdi violini di venerdí»* con quel che segue. In un attimo era già lontana nel cielo.

«Su, Isotta, vieni a sederti in grembo alla mamma!» chiamò la regina, ormai rassegnata a sporcarsi. Tanto non le mancavano i vestiti nuovi per cambiarsi appena tornata alla reggia.

«Grazie, ma preferisco la mia Ausonia» disse Isotta, inforcando la scopetta.

Mentre i genitori la guardavano preoccupatissimi, senza avere il coraggio di contraddirla, chiuse gli occhi e recitò:

Tutti gli uccelli del cielo
ti assistano in questo volo
– rondine, tordo e usignolo! –
sollèvati dal suolo,
– stornello, corvo e piviere! –
senza farmi cadere,
– colombo, luí e procellaria! –
va' in alto in alto nell'aria
– scricciolo, merlo e fagiano! –
vola come un aeroplano
– upupa e gallo cedrone! –
portami a destinazione.

Solo che, ricordate?, Ausonia non sapeva volare in alto, né velocemente. Andava piano piano, sollevata da terra solo di sessanta centimetri. E cosí la Rolls Royce dovette scortare la principessina a passo d'uomo, proprio come faceva la millecento di mio zio Peppino quando avevo cinque anni e avevo appena imparato ad andare sulla bicicletta con le rotelle.

E siccome era la Rolls Royce ad aprire il corteo, tutti gli altri veicoli la seguirono alla stessa velocità.

Perché perché perché

In questa storia si parla molto di uccelli. Anche la "poesia-formula magica" per far volare la scopa della principessina è piena di nomi di uccelli.
A proposito, avete osservato che nelle tre "poesie-formule magiche" del libro le rime sono state fatte tutte con lo stesso metodo? Cioè, alternando una frase con un senso compiuto, per esempio "ti assistano in questo volo" con un elenco di parole slegate fra loro: "rondine, tordo e usignolo". Naturalmente le ultime parole di ogni verso devono far rima, come "volo" e "usignolo".
Torniamo adesso agli uccelli che si incontrano nella storia.

Lo spiumaccione
Naturalmente non esiste. È un uccello inventato. Però ci sono davvero animali che nel pericolo staccano da sé una parte del corpo, come l'istrice,

ma anche la lucertola che, se acchiappata, molla la coda. Altri schizzano un liquido per sconcertare l'avversario, come la seppia che approfitta dell'inchiostro per scappare, o la puzzola, che si mette dritta sulle zampe di dietro e schizza addosso al nemico un liquido puzzolente da una ghiandola che ha sotto la coda.

La civetta

Nelle leggende viene sempre associata alle streghe e ai maghi perché è un uccello notturno, perché ha grandi occhi gialli e perché è un predatore, cioè si nutre di animaletti vivi. Gli antichi Greci pensavano che fosse il piú intelligente degli uccelli. Perciò dicevano che era sacra alla dea Atena (chiamata dai Romani Minerva) e protettrice della città di Atene, patria dei filosofi e dei pensatori piú illustri.

Fra i poteri che anticamente venivano attribuiti alle streghe (naturalmente si tratta di una superstizione, perché le streghe non sono mai esistite) c'era quello di saper comunicare e di farsi obbedire da animali come civette e gatti neri che vivevano in casa sua e le facevano da camerieri. Infatti con un nome latino questi animali venivano chiamati "famuli" che vuol dire appunti "camerieri".

Il pipistrello

Anche se vola e si nutre d'insetti, questo animale non è un uccello, ma un mammifero. Infatti, come avete visto nella storia, mamma pipistrello non fa le uova, ma mette al mondo dei figliolini già sviluppati, e li allatta per un certo tempo. È una specie d'imbroglio della natura, come quello della balena, che è anche lei un mammifero, nonostante viva in acqua e nuoti come un pesce. C'è poi l'ornitorinco, che è anche lui un mammifero, ma ha il becco e le zampe palmate come un'anatra.

Per tornare al pipistrello, come la civetta è un animale notturno. Lui però si orienta non perché abbia degli occhi capaci di vederci al buio come i gufi, le civette e anche i gatti, ma perché ha una specie di radar. Cioè emette degli ultrasuoni che rimbalzano contro gli ostacoli avvertendolo e permettendogli di evitarli.

B.P.

Indice

Per la prima e la seconda elementare

Storie brevi e allegre per lettori principianti, con illustrazioni pensate per colorare, giocare, disegnare.

titoli

1 - Matilde Lucchini LA BICICLETTA IN CIELO
2 - Tiziana Merani SARA CHE DICE NO
3 - Giusi Quarenghi PICCOLE MANI, PICCOLE ZAMPE
4 - Luca Raffaelli UN FANTASMA IN CUCINA
5 - Bianca Pitzorno INCANTESIMI E STARNUTI
6 - Alberto Rebori CAPRICCETTO ROSSO
7 - Daniela de Rosa I DISEGNI DI LEA
8 - Gabriella Monticelli DOV'È LA FESTA?
9 - Lia Levi IL SOLE CERCA MOGLIE
10 - Luca Raffaelli GIANGA E PEREPÈ
11 - Giusi Quarenghi GALLINE, GATTI E IO
12 - Alberto Rebori CAPRICCETTO ROSSO VUOLE UN FRATELLINO
13 - Tommaso di Carpegna Falconieri STREGA COMANDA COLORE
14 - Paola Zannoner LA RUBAMAMMA

Per la terza elementare

Racconti, fiabe, poesie, veri e propri romanzi brevi per chi ormai legge con disinvoltura. In fondo al volume, i curiosi troveranno risposta alle loro domande nell'appendice "Perché perché perché".

titoli

1 - Roberto Denti CHI HA PAURA DI CHI?
2 - Bianca Pitzorno A CAVALLO DELLA SCOPA
3 - Margherita d'Amico IL MISTERO DEL GATTO FUOCO
4 - Alberto Rebori PICCOLO RE
5 - Lia Levi LA GOMMA MAGICA
6 - Vinicio Ongini FIABE DI SPORT
7 - Chiara Carminati IL MARE IN UNA RIMA
8 - Alberto Rebori IL RITORNO DI PICCOLO RE
9 - Stefania Fabri ADESSO CHE SONO GRANDE
10 - Tiziana Merani UNA MAESTRA COSÍ
11 - Ivano Benini VIRUS!
12 - Bianca Tarozzi STORIA DI MATILDE
13 - Alberto Rebori PICCOLO RE È INNAMORATO
14 - Gabriella Monticelli UNA CIOCCOLATA CON LA REGINA

Per la quarta e la quinta elementare

Romanzi, racconti e poesie per lettori esperti, con l'aggiunta di curiosità e informazioni alla fine del volume, nell'appendice "Qualcosa in piú".

titoli

1 - Paola Zannoner EXCALIBUR
2 - Andrea Molesini TARME D'ESTATE
3 - Gabriella Monticelli LA COLLINA AZZURRA
4 - Paolo Fallai LO CHIAMEREMO DICIASSETTE
5 - Francesco Costa IL MATERASSO DELLE STREGHE
6 - Francesco Tacconi LA BANDA DEL CAOS
7 - Andrea Molesini AQUILA SPENTA
8 - Paola Zannoner IL GRANDE MARTIN
9 - Francesco Tacconi IL MISTERIOSO BISSO GALLETTO
10 - Paola Zannoner IL RAGAZZO CHE DIVENNE CAVALIERE
11 - Tommaso di Carpegna Falconieri LA STRADA ANTICA
12 - Matilde Lucchini MI AIUTI A FARE GOL?
13 - Lia Levi LA PERFIDA ESTER
14 - Margherita d'Amico IL LATO POSITIVO